기획의 말

그리운 마음일 때 'I Miss You'라고 하는 것은 '내게서 당신이 빠져 있기(miss) 때문에 나는 충분한 존재가 될 수 없다'는 뜻이라는 게 소설가 쓰시마 유코의 아름다운 해석이다. 현재의 세계에는 틀림없이 결여가 있어서 우리는 언제나 무언가를 그리워한다. 한때 우리를 벅차게 했으나 이제는 읽을 수 없게 된 옛날의 시집을 되살리는 작업 또한 그 그리움의 일이다. 어떤 시집이 빠져 있는 한, 우리의 시는 충분해질 수 없다.

더 나아가 옛 시집을 복간하는 일은 한국 시문학사의 역동성이 드러나는 장을 여는 일이 될 수도 있다. 하나의 새로운 예술작품이 창조될 때 일어나는 일은 과거에 있었던 모든 예술작품에도 동시에 일어난다는 것이 시인 엘리엇의 오래된 말이다. 과거가 이룩해놓은 질서는 현재의 성취에 영향받아 다시 배치된다는 것이다. 우리는 현재의 빛에 의지해 어떤 과거를 선택할 것인가. 그렇게 시사(詩史)는 되돌아보며 전진한다.

이 일들을 문학동네는 이미 한 적이 있다. 1996년 11월 황동규, 마종기, 강은교의 청년기 시집들을 복간하며 '포에지 2000' 시리즈가 시작됐다. "생이 덧없고 힘겨울 때 이따금 가슴으로 암송했던 시들, 이미 절판되어 오래된 명성으로만 만날 수 있었던 시들, 동시대를 대표하는 시인들의 젊은 날의 아름다운 연가(戀歌)가 여기 되살아납니다." 당시로서는 드물고 귀했던 그 일을 우리는 이제 다시 시작해보려 한다.

기획의 말

그리운 마음일 때 'I Miss You'라고 하는 것은 '내게서 당신이 빠져 있기(miss) 때문에 나는 충분한 존재가 될 수 없다'는 뜻이라는 게 소설가 쓰시마 유코의 아름다운 해석이다. 현재의 세계에는 틀림없이 결여가 있어서 우리는 언제나 무언가를 그리워한다. 한때 우리를 벅차게 했으나 이제는 읽을 수 없게 된 옛날의 시집을 되살리는 작업 또한 그 그리움의 일이다. 어떤 시집이 빠져 있는 한, 우리의 시는 충분해질 수 없다.

더 나아가 옛 시집을 복간하는 일은 한국 시문학사의 역동성이 드러나는 장을 여는 일이 될 수도 있다. 하나의 새로운 예술작품이 창조될 때 일어나는 일은 과거에 있었던 모든 예술작품에도 동시에 일어난다는 것이 시인 엘리엇의 오래된 말이다. 과거가 이룩해놓은 질서는 현재의 성취에 영향받아 다시 배치된다는 것이다. 우리는 현재의 빛에 의지해 어떤 과거를 선택할 것인가. 그렇게 시사(詩史)는 되돌아보며 전진한다.

이 일들을 문학동네는 이미 한 적이 있다. 1996년 11월 황동규, 마종기, 강은교의 첫번째 시집들을 복간하며 '포에지 2000' 시리즈가 시작됐다. "생이 덧없고 허기질 때 이따금 가슴으로 암송했던 시들, 이미 절판되어 오래된 명성으로만 만날 수 있었던 시들, 동시대를 대표하는 시인들의 젊은 날의 아름다운 연가(戀歌)가 여기 되살아납니다." 당시로서는 드물고 귀했던 그 일을 우리는 이제 다시 시작해보려 한다.

불이 있는 몇 개의 풍경

문학동네포에지 033

양애경 시집

불이 있는 몇 개의 풍경

시인의 말

제 시의 첫번째 독자이신 어머니께 첫 시집을 드립니다.

1988년 6월
양애경

개정판 시인의 말

첫 시집인 『불이 있는 몇 개의 풍경』을 처음부터 끝까지 읽어보게 되었죠. 그랬더니 타임머신을 타고 가서 이십대의 제 모습을 들여다보는 것 같았어요.

어찌나 기특하고 가여운지 어깨를 두들기며,

"괜찮아, 괜찮아, 괜찮을 거야"라고 격려해주고 싶었어요.

그후 몇십 년, 정말 괜찮았거든요.

지금의 내게 다시 미래의 내가 찾아오는 일이 생길까요?

그때도 미래의 내가 "괜찮아, 넌 괜찮을 거야"라고 말해주기를.

2021년 11월

양애경

차례

희망

당신이 나를 자꾸 시험한다
또 당했군 아침에 깨어나 앉아
쓴웃음을 짓는다
가슴이 쓴 소금으로 가득차고
눈에는 눈물이 글썽해진다
하늘이 여전히 어둡고
나는 천천히 설탕을 타지 않은 커피를 마신다
무엇 때문에 살아가는 것일까
나는 늘 새로 시작할 수 있다
그리고 희망이여 언제나와 같이
당신이 쓴 아침을 보낼 것이다
또 당했군
소금물이 상처를 씻어내리는 것을 느끼면서
천천히 문을 열고
거울같이 현관을 닦는다
화분에 새로 물을 준다.

물

물이 아주 멀리서 오나보다
수도꼭지를 틀어놓고
욕실에 앉아 기다린다
아아 아아 아아
수도관 울리는 소리가 들릴 뿐
물은 여전히 오지 않는다

섭씨 34.5°
습도는 85
허덕허덕 직장에서 돌아왔지만
아아 아아 아아
처량한 소리로 관이 울린다

물이 필요하면
물가로 내려가는 게 당연한데
언제부터 물을 가두고 관을 꽂아서
집에 앉아 오라고 명령하게 되었을까
그래서 물이 우리를 배반하는가
어떤 높은 사람이
이 동네에 올 물을 대신 쓰는 걸까

욕실 바닥에 앉아 물을 기다린다
오지 못하는 물의 신음 소리가 들린다
손톱으로 긁으며

까마득하게 굴러떨어져 내려가고 있다.

베스트셀러

꿈꾸게 해주세요
가난한 집 이야기는 싫어요 잘 알거든요
부유한 남자와 가련한 처녀의 사랑을 다룬
고전적인 이야기도 좋아요
사치스러운 곳에서 벌어지는 부자들의
화끈화끈한 현대적 이야기도 좋아요
사소한 감정 문제로 그들이 몹시 고민하도록 하세요
사소할수록 더 좋아요
암 그렇구말구
돈 많다고 다 행복한 것은 아니라구
우리는 그들을 동정하고.
우리의 영웅은
슬럼가에서 태어나
푸줏간에서 샌드백 대신 갈비를 두들기고
마침내는 챔피언을 링 속에 침몰시키는
왼손잡이 록키예요
와와 사람들은 주먹을 휘두르며 기뻐 날뛰고
뒷골목 만세
인간도 어디에서든 살 수 있는 것 만세(쥐들처럼 왕성히)
실패하는 이야기는 싫어요
꿈꾸게 해주세요 소설가 아저씨.

불이 있는 몇 개의 풍경

1

입동 지난 후 해는
산 너머로 급히 진다.
서리 조각의 비늘에 덮인 거리
어둠의 입자가 추위로 빛나는 길목에서
나는 한 개비의 성냥을 긋고
오그린 손 속에 꽃잎을 급히 피워낸다
불의 의상을 입으며
사물은 하나하나 살아나기 시작하지만
불은 가장 완벽하게 피었다 지는 꽃
화사한 절망.
절벽으로 떨어지듯 꺼진다.

2

기침을 한다
탄불을 갈며.
달빛 밑에 웅크리면 아궁이 옆으로 희미하게 흩어지는 그림자.
한밤중 여자들의 팔은
생활로 배추 속처럼 싱싱하게 차오르지만
좀처럼 불은 붙지 않는다.
식구들은 구들에 언 잔등을 붙인다.
어떻게 된 것일까 옛집의 불씨는
영원히 꽃피우는 전설의 나무와 같이

순금으로 제련된 불씨.
화로에 잘 갈무리되어
주인을 지켜주던.

3
이제 불은 때 묻고 지쳤다.
누가 불을 거래하고
누가 불에게 명령하는가.
불길한 모반의 충동에 몸을 떨며
콘크리트 보일러실에 갇혀 웅크리는 불의 꿈
밤 열시 공원(工員)들은 흩어지고
불은 또 재 위에 몇 길이나 쓰러진다.

4
짧은 인사의 잔손목을 흔들다 말기.
부딪치다 와아 터지기.
안개 속에 서 있는 불
문을 열고 길길이 솟구치는 불
산맥 속에 잠들어 있는 원시림의 불.

5
모란 마른가지에서 올라오는
불의 빛깔은
사과나무 장작에 옮겨붙으며 만발한다.

쓰레기 더미에서도 불은 꽃핀다.
들끓으면서 평등한 불의 속
열은 순수하여 평화롭다.

6
열은 빛나지 않고
소리 내지 않는다.
그러나 따갑게 퉁겨져나와 손바닥을 쏘는
열기
우리의 입다문 진실.
바람 부는 도시의 밑동을 떠받치는
건강한 당신
일곱시 반에 집을 나와 아홉시 반에 퇴근하며
휘파람 부는 당신,
당신의 불.

7
이 속에 잠자는 불이 있다
작은 성냥골 안에.
성냥은 불을 꿈꾸고
불은 성냥을 태운다.
순간의 불꽃은 기다림을
지상에서 가장 아름다운 빛깔로 바꾼다.
그리고 우리는 새로운 꿈을 시작한다.

QUEST

우리 오늘 굉장한 모험을 떠나는 거야
어디? 어디?
골목을 나와서
큰길을 건너고
네거리에서 붉은 신호등
팽팽하게 쳐다보다가 푸른 등
까마귀떼처럼 화닥닥 흩어져 건너지

빌딩들 속에는 무엇이 있을까?
그리고 말야 사실은 백화점은
나쁜 용이 지키는
보물창고란 말이야

엘리베이터 앞에서 아이들은 시선을 주고받으며
바로 이거야 굉장한 데로 올라갈 거야
—너희들 어디 가려고 그러지?
11층에요 (이봐 다들 중요한 볼일이 있는 것처럼 해야 한다구)
—거긴 나이트클럽인데?
우린 꼭대기까지 갈 거예요
—애들은 거기 못 가
탁. 눈앞에서 문이 닫히고 불이 하나씩 올라간다

올라가고 있는 거야

어른이 아니라고 안 태워주는 거야
우리도 어른이 될 거잖아
바보 그때까지 어떻게 기다리니?

해가 넘어간다!
빌딩들이 눈알을 번득이는 것 같애
야 빨리 뛰자
앞을 가로막으면서 부닥쳐오는 어른들이 무서워
육식공룡처럼 검고 사납고 기운이 세구나

완전히 캄캄해졌다!
그렇지만 이제 우리 동네 골목이 보일 거야
엄마가 야단치지 않을까 너무 늦게 온다구 말이야
엄마들은 아주 늦을 때는 안 그러는 거야
여자들은 늘 기다리지
그래 페넬로페* 아줌마처럼.

* 그리스 신화 속 율리시스의 정숙한 아내.

헤밍웨이는 여름 시즌 투우를 기다리고

—박철순 선수에게

—헤밍웨이는 바르셀로나에서 친구인 투우사의 숙소를 방문하고 있었다

그리고 나는 여기 있다 그는 연습을 마치고 돌아와 샤워하고 있다
창틀 밑에서 꼬마들이 높고 귀여운 목소리로
아저씨 공 하나만 던져주세요
열여섯 살 난 이쁜 여학생들이 사인을 받으려고 서 있었다

시즌이 시작될 때 그는 좀 망설였었다
하지만 공은 잘 날아갔다 손가락 사이에서 빠져나갈 때
식은땀을 흘리는 일은 없어졌다
처음으로 행운이 분명한 미소를 던졌고
O. K, 포수의 사인에 고개를 끄덕일 때
공기는 탄력 있고 확실하게 그들 사이에 놓여 있었다

—그러나 다음날 투우사는 소의 뿔에 가슴을 꿰뚫렸다

운동장에서는 흙냄새가 아찔하게 올라오고…… 증류된 공기…… 눈을 뜰 수 없는 햇빛…… 흰옷에 배는 땀…… 세심하게 단련된 육체, 동작의 정확함, 한길만을 쫓는 자의 천진한 영혼, 이 세상 것 같지 않은 신기한 만남, 그래서 더 짧아진 작별 인사, 안녕히 순간적인 것의

아름다움이여

그의 몸이 그를 배반했을 때 그의 팀은 패했다
실상 그리 큰일은 아니었다 경기는 계속되며
시즌은 늘 시작되고 있으므로

그런데 그는 망가졌다 감독의 출장 명령에
옷을 집어던지며 반발했을 때 나도 그들과 함께 욕했었지만
그런 일을 하다니 나의 영웅이.
이미 그는 몹시 아팠었다

공이 몇백 개씩 던져지고 있다 하얗게
순간적인 선을 그으며 쳐내지고 있다
아이들이 자라나 새 아이들이 운동장에 들어온다
그는 아직 돌아오지 못했다

헤밍웨이가 스페인의 태양 아래서
흙냄새 진동하는 여름 시즌 투우를 기다리고 있을 때

기다린다 일생을 걸었다가 패배한 훌륭한 남자들이
자기의 자리로 다시 걸어들어오는 모습.

얼음

비가 얼음 같다
그래도 내려서 땅을 두들기고
스며들어 깨운다
땅이 겨울로부터 몸을 일으키며
오늘까지의 내가 벗겨져 떨어진다
세상에서 나는 무엇이었을까
지금은 무엇일까 내일이면 무엇이 될까 아주 나중에는?
사는 일이 얼음 같다
신나게 액션영화를 보고 뽕뽕을 하고 켄터키 치킨을 먹고 돌아와
무릎을 안고 앉을 때
일요일 밤 여덟시
나는 어떤 사람일까 월요일부터 토요일까지
나는 어떤 사람일까 토요일부터 일요일까지는
손해 보지 않으려고 몇 번씩 주머니 속 지폐를 만지작거리는
아침이면 잃어버리는 꿈들 속에서
자기도 모를 말들을 중얼거리는
누구일까 우리들
인류의 먼 후손들은.

시내에서 시간이 남을 때 당신은 무엇을 하십니까

토요일 오후 햇볕이 가볍다
퇴근 버스에서 내리니 1시간이 비어 있다

그저 10분쯤 죽일 수 있겠지
무심코 전람회에 들어갔다가
질타하는 목소리에 놀라 선다 부끄럽다
그림 속에는 천재가 들어 있다 누군가
위대한 정신을 가지고 그것들을 그렸다
구경하는 사람은
나밖에 없다

거리에는
지친 듯 지그시 견디고 있는 행인들의 얼굴이
천천히 다가왔다가 지나가고
옷들이 현란한 색채와 무늬로 살아서 펄펄 흘러가고 있다
사람들은 자신의 가치를 제대로 인정받으며 살고 있는 것일까
저 수많은 모양과 색깔과 무늬를 골라낸 그들의 개성을.

그것을 믿고 있는 것은
젊은 여인들밖에는 없다 그녀들은 단장을 하고 거울 속에서 수시로
나는 아름답다 아름답다 확인을 하므로.

30분이 지났다 백화점 TV 가게 앞은
WBC 세계 주니어 웰터급 타이틀매치를 보는 남자들로 붐비고 있다 처음 보는
흑인 선수 하나와 백인 선수 하나가
서로 주먹질을 하며 노려보고 있다 우리는
하품을 하며 진열장에 기대어 심심풀이로 보고 있는데 그들은
동물전기를 방출하며 빙빙 돌고 있다
불꽃이 튕기고 움찔거리는 육체들
링 속에 그어진
보이지 않는 평지와 수렁이 보인다 오늘 이 시간
인공위성이 중계하는 가운데
하나는 죽고 하나는 살 것이다 옛 로마의 원형경기장에서와
달라진 것은 아무것도 없는 재미있는 경기이다 연신
얻어맞고 있던 흑인 선수가 한 대 올려치고 멋지게 미끄러져 빠져나오더니
마구 때리기 시작한다 믿을 수 없다
그래 때려눕혀라 조금이라도 더 억울한 놈이
덜 슬픈 놈을 때려눕혀라 쳐라 쳐라 맹목적으로

몇 초 후
링에 몰린 사내가 무너져나가고 있다 벌써

두 팔을 치켜올리고 있는 승자 그런데
웬일일까 조금도 기쁘지 않다 하긴 글쎄
어느 쪽이 덜 억울한 놈이었는지도 사실은 알 수 없지
않나 게다가
이건 집행유예일 뿐이야 다음에 마련되는
사각형의 불빛이 집중된 고문대에서
다시 모든 것이 시작되고 끝날 것이다

45분이 지났다 나는 화장실로 들어가
거울 앞에서 손을 씻고 머리를 만지고 칼라를 바로잡
는다
그리고 뒷사람의 어깨에 떠밀려 물러 나온다

55분 나는 힘차게 걷기 시작한다
정시에 약속 장소에 활기에 차서 도착할 것이다
성공할 것에 틀림없는
유망한 자의 표정을 하고.

연금술사

순금 같은 영혼을 가지고 싶어라
바위틈에서 노랗게 광맥을 드러내고 싶어라
물에 씻겨 하류로 내려가 모래에 섞여도
햇빛과 만나 부드럽게 파동을 일으키는
투명한 말을 뱉고 싶어라

인간의 영혼은 무슨 금속일까
몇 도의 열에 녹는 물질일까
내 영혼의 질은 시를 담는 데 적합한가

가마솥에 넣고 불을 지핀다
강하게 때때로 약하게
가마솥은 벌겋게 달구어져 투명해졌다가
다시 검게 두터워지고
수증기 소리를 낸다

나 세상에 태어나 진정으로 살아갈 세월은
몇십 년뿐
솥 한 개를 지키기에도 부족한 시간
영혼은 영원 불멸이라 믿으면서
어느새 나는 젊지 않고

영원한 정열이라고 믿으면서
간간 나는 졸고 불을 꺼뜨리고

노동의 대가 없음을 저주하느니

두렵다
솥을 열고 들여다보아야 할 시간.

정신과 병동에서

용서해주세요
낮에도 잠들 수 없어요
아침 햇빛이 꽃무늬 커튼에 그려놓는 암호
오늘 아침엔 너는 죽는다 씌어 있었어요
밤이면 눈을 감을 수가 없어요
언제 이마 위로 핏방울이 툭툭 떨어질지
천장에 누가 있을지
눈을 뜰 수도 없어요
물을 먹으러
목욕탕으로 가고 싶지만
유리창 뒤에서 살의로 번쩍이고 있는 눈
거울 뒤로도 선뜩한 눈길
잘 베어질까 목덜미를 겨냥하고 있는데
그 칼날이 언제 날아올지
검은 리본같이 목에 감기고
머릿속에서 들끓는 수많은 말들이 혜성처럼 흘러나가고
마지막 한마디가 끊어져 멈출 때까지 감시할 눈, 누구예요
여기선 알약을 여섯 시간마다 먹고 녹색의
끈적끈적한 잠의 소용돌이 속으로 떠나요
디디면 푸석푸석 내려앉는 방바닥
기울어지는 벽
목 뒤에 손대지 말아요 차가워요
세 시간만 있으면 해가 지고 다시 지옥 같은 밤

그런데도 나는 이내 행복해질 것만 같아요
오후의 햇빛이 아름다워요 엄마 집에 가고 싶어요

대전역에서

장마전선이 덮고 있는
대전역 2등 대합실 입구에서
윤진과 나는 차를 두 잔 자동판매기에서 꺼내 들고
문에 기대어 밖을 내다보았다
하늘은 회색의 균등한 질로 되어 있고
제비들이 타원을 그리면서 날고 있었다
대합실 안 젖은 벤치에 많은 사람들 기다리고
눅진 옷에서 오르는 수증기
밖엔 가느다란 빗방울들이 계속
끊이지 않는 실을 드리우는데
새들은 자유롭게
그 실을 끊고 불규칙한 타원을 그리면서
하늘 속의 항구로 들어갔다가는 나오고 다시 들어가곤
했다
도시는 웅크리고 빌딩들은 척척한 등허리를 움찔거리고
네온사인과 가로등을 달기 시작하고 있었지만
새들은 신의 무용수처럼 가볍게
그 위를 지나 항구에 잠기고 잠기곤 하였다
—도시에서도 하늘을 보면 아주 넓군요
　참 신기해요
　결국 나 사는 일이 그리 나쁘지 않은 것 같애
종이컵에 담긴 미지근한 차를 마시면서
바쁘게 물결치는 사람들 속에서
우리는 무한히 자유롭고 호젓하게

비가 가두고 있는 공간을 올려다보았다
몇 분 후
그녀는 갈 것이고 나는 남을 것이지만
몇백 번이고
사람들은 같이 서 있는 지점에서 떠나고 남는 것이지만
이 우주의 작은 역에서.

시험

시험지가 왔다
아니 수학이라니
대학에 들어가면서 이별인 줄 알았는데
시험지를 3등분하여
처음 보는 숫자와 기호가 빽빽하니
……무슨 횡액이람
다른 사람들은 다들 쓰는데 ……
……나는 쓰지 못한다…… 하얗게
확대되었다가 오므라드는 종이와 활자들

아냐 마음만 먹으면
앞사람의 답이 환히 보이는걸
눈만 들면
베껴 쓸 수 있어 있어

—거기! 보고 쓰지 말아요!
시험관이 다가온다 숨이 막히고
잠시 후

나는 기세등등하게 소리쳤다
—커닝을 했다구요? 체면이 있지
　제가
　커닝할 사람으로 보입니까?
　증거라도 있어요 네? 증거가 있느냐구요!

주위 사람들이 소금물에 전 배추처럼
시들시들 풀이 죽는 게 보인다 이겼군
나는 잠을 깼다

아아 모르는 새 나도
푹푹 썩어 있었구나.

수인(囚人)의 노래

지평선 끝까지 가서 멈추었다 내
시선은.
몸은 가지 못한다 세상의 끝은
벽이니까. 독방 수감자의
창백한 땀 네모진 얼굴.
풀려 있는 자여 그대 마시는 공기는 자유로운가
시장엔
죽은 생선과 개량된 과일들이 보이지 않는 새 상하고 있지.
선택할 것이 많이 있다는 표정을 하고
속임수와 속임수 속을 비집고 지나가는 그대여
보지 못하지 나만큼도.
지평선을 뚫고 우주의 침묵 속까지.
거기에는 별의 고리들
신에게 영원히 체포된 채인 팽이들이 가득
휴식 없이 회로를 달리고 있고
곳곳에 벽이 있어 그 뒤엔
눈을 번득이는 수인이 있다.
들쩍지근한 시장의 바람 속을
속지 않고 슬쩍 지나가는 그대여
언젠가는 그대도 체포되리라.
금글자 장정의 세계사상대전집(世界思想大全集) 한 질로
이미 해결된 철인(哲人)들과

지나치게 인용된 성서와 함께
분류철 속 한 장의 카드로 정리되리라.
그때 그대는 볼 수 있을까 벽 뒤편을,
수인의 피톨 속 깨어 있는 별빛을.

살의(殺意)

내가 쥐를 무서워하게 된 것은
그때였다
여름내 때지 않던 아궁이에 불을 넣으며
털이 보송보송한 새끼 쥐들을 나오지 못하게 나오지 못하게
막대기로 쑤셔넣어
고통스럽게 죽게 했을 때
어미 쥐를 쥐틀째 수채에 넣어
번들거리는 검은 눈이 절망으로 어두워진 것을 보았을 때
단번에 바퀴벌레를 터뜨리지 못하고
슬리퍼로 내리칠 때마다
버둥거리는 작은 발들이 두어 개씩 떨어져나가며
여전히 미세하게 떨었을 때
그래서 이제 나는 이해한다
당신들이 우리를 무서워하는 건
죽이고 싶기 때문이다 죽어가면서
아파하고 숨이 잘 끊어지지 않을 것을
알기 때문이다
그때 살은 증오로 푸들푸들 떨리고
더욱더 잔인하게 철저하게
내리치고 내리치겠지 오오
타일 바닥에 탁탁 부딪치는 슬리퍼 밑에서
여전히 살아 꿈틀거리는 곤충의 발.

지귀(志鬼)에게

요즘에는 시를 쓰지 않아요
그대
곳곳에서 그대 모습이 보여요
열매 맺기 시작한 딸기밭 고랑에서도
목책 너머로 보이는 저녁나절 미루나무에도
길에 나가면
지나가는 사람들의 어깨 사이에서도
절름거리는 그대
절망하고 있는 그대
아무것도 말하고 몸짓하지 않는
그대 모습이 보여요
부딪혀서 나는 웃음 짓고
뒤쫓아 달려가고 고개를 저어요
요즘에는 시가
점잖은 어른처럼
내 앞에 뒤에 멀찌거니 떨어져서
앉아 있고 걸어와요
절름거리고 비틀거리고 표정 없는 그대 뒷모습만
문득 문득 부딪혀요
요즘에는 시를 쓰지 않아요.

살로메

나는 노래하는 법을 배울 테야
야생의 짐승처럼
바람과 함께 달리는 바다의 물결들처럼.
지상에서 쫓겨난 자인
애인을 나는 묻는다 의식의
투명하고 단단한 땅에.
그리고 허리를 펴야지 세상의 돌팔매를
되받아 던져주려면 게다가
나도 내 걸음을 튼튼히
디뎌 머리칼 씩씩하게 날리며 나아가려면.
애인의 무덤 위엔 부드러운 어둠
암시에 걸릴 때마다 찢겨 피 흘리는 장미
피고 있으라지 묻히고 있으라지
피 흘리며 나는 웃는다
피 흘려도 나는 끄떡없어.
나도 집 짓고
지붕같이 둔하고 푸근한 남자
백점 받아오는 요즘 아이들
가질 거야 거울 속에서
슬프게 다가오는 내 눈 모습 볼지라도.
더이상 춤추지 않을 테야
더이상 날고 싶지 않아
땅에 설 테야 뿌리 내릴 테야 지중해 암벽을
뚫는 올리브나무처럼,

견고한 외로움으로 굽어지더라도.
나는 새길 테야 아이들의 이마에
이 시대의 죄와 축복의 기호를
그때 나는 노래하는 법을 배울 거야.

멋진 저녁

멋진 저녁이구나
노을
상현달 유난히 밝다
아니 감탄은 하지 않는다
냉정한 눈으로
쓱 훑어볼 뿐
등 뒤에 어둠을 거느렸기 때문에
묘한 보랏빛을 띤 하늘을
그래 멋진 저녁이구나 그런데
오늘 낮에 해가 났었나
나지 않았던가?
개었던 걸 본 것도 같은데 하기는
하루종일 어두웠으니까 어둡다
밤에는 더욱 어둡다
폭발적 인구의 우리나라 곳곳에 사람이지만
나는 누구와 연결되어 있지? 우리는?
2백 장의 연탄이 한 달 동안 우리집을 따뜻하게 한다
다섯 말의 쌀이
우리 식구 위를 따뜻하게 한다 그리고
지구의 반대편에선 2천 명을 삼킨 화산이
아직 연기를 내고 있다
그래
참 멋진 저녁이로군
2백 장의 연탄이 없으면 어떡할 것인가 다섯 말의

쌀이 없으면 머릿속에
세계의 지혜를 쑤셔넣은 저
졸업장을 가진 실업자들은.

등화관제

1

사이렌이 울린다 차가 멎는다 세상이 낮게 낮게 내려앉는다 차창 밖에 전봇대가 십자를 그리고 별들이 가득 떠오른다 개들이 짖어댄다 불 꺼 몇 명의 사내가 짖어대고 개들은 그친다 천막집 한 채가 유령의 집처럼 살아올랐다가 꺼지고 담뱃불을 붙이는 사내의 머리통이 불타 없어진다

2

깍지 낀 손으로 가슴을 누른다
차갑게 살을 저미는 사월의 공기 속에
문득문득 마주치는 사람들이 두렵다
두렵다 가슴을 누르며 달의 은반(銀盤) 밑으로 걸어 들어가는
그림자가 길게 바닥에 늘어져 흔들거린다

3

캄캄한 속에서 불빛을 본다는 건 마음 놓이는 일이다 아무리 이상한 것이 보여도 당연하게 느껴지는 때가 있는 법이다 어둠 속에 요염하게 피어올라 품을 벌리는 불빛 그것은 언제나 안전할까 죽음과 파멸이 거기 있고 빛은 단지 미끼일 수도 있다 그래도 살아 있는 것들은 서슴지 않고 그것을 향해 나아갈 것이다

4

늘 낯설고
정이 가지 않던 이 동네
불이 꺼지니
어둠이 이렇게 무겁고
지붕과 연탄과 인공의 불빛 없이
우리가 이렇게 무력하구나
시간이 고여 흐르지 않는
30분간
잠도 못 이루며
지붕마다 이불 속에 사람들이 눕고
죽지 않으려고 미리 죽어 엎드린다
두려움 속에서 사랑을 배운다.

시인

내 친구인 그녀는 의사
어느 날 병원 그녀의 방으로 늙은
초라한 넥타이의 시인이 찾아와
1년 치의 문학잡지 구독을 부탁했다
그녀는 응락했고
한 시간을 그와 이야기를 나누었다
시인은 그의 시집을 한 권 드리고 싶으나
지금은 가진 게 없으니 구해보겠노라고
꼭 구해서 드리겠노라고 약속하고 돌아갔다
며칠 전 시인은 다시 주름이 펴진 바지를 입고
약속을 이행하기 위해 왔다 찾아낸
그의 첫 시집은 파먹혀
겉표지에 날카로운 쥐 이빨 자국이 나 있었다
나는 친구보다 더 크게 그의 시집에 대해
농담하고 웃었고 그래서 자신의 얼굴에
비웃음을 피처럼 뒤집어썼다
그가 시인이 아니었더라면
평범한 판매원 노인이었다면
넥타이도 바지도 빠진 이 사이로 새는 발음도
그의 진정도
그리 우습지는 않았을 것이다
젊은 시절에는 유난히 눈이 아름다웠을
누구보다 많은 희망을 가졌을 그래서 남보다 더 많이 실패했을

시인이여
당신이 조금도 우습지 않을
그런 나라에 가고 싶다.

일하는 여자

요즘 여자들은 시집갈 만하다
전쟁을 겪은 세대인
우리 엄마가 요즘 부쩍 부러워하는 것은
과음하지 않고 과용하지 않고 (심하게는) 바람 피우지 도 않는
젊은 남편들
요새 인기 있는 신붓감은
직장여성이다 아파트 한 채쯤 보너스도 딸린

혼자 번다고 밥을 굶는 것은 아니지만
GNP가 급속히 성장한 것도 아니지만
꾀질꾀질하게 연탄 때는 집에서 쓰레기차를 기다리며 만원 버스 앞에 줄을 서며 살 수는
없기 때문이다

잦은 외식도 기꺼이 찬성하고
늦는 아내 대신 쇼핑도 하고
일요일 낮 대청소도 거들어주는 엘리트 남편들
여자가 살기 편한 세상이라고 말하는 사람들에게
그렇지만 우리는 말하고 싶은 게 있다

우리가 며느리라는 것을 잊지 않으시는 시부모님
우리가 엄마라는 것을 잊지 않는 아이들
우리가 아내라는 것을 절대로 잊지 않는 순한국식 남

편들에게

일하는 것이 행복하고
가족들을 아끼는 우리가
늘 너무 지쳐 있다는 것을
하루가 우리에게 스물여섯 시간이라면
한 시간은 사랑하는 사람들에게
한 시간은 자신을 위해 쓰고 싶다고

평생을 일하고픈 우리의 소원은
아이가 갑자기 열이 나고 설사를 한다는 전화가 걸려 올 때에
퇴근 시간이 먼
우리가 그 애를 살릴 수 있는 유일한 사람이 아니기를

직장 건물 한곳에 젖먹이를 맡길 수 있어
쉬는 시간 한 번쯤 들러 그 애에게 방긋 웃어줄 수 있어도
우리가 우리의 일을 절대 소홀히 하지 않음을
믿어주는 상사를 모시는 일이다.

서울대공원의 동물들

서울대공원으로 옮긴 짐승들이
낯선 환경과 먹이 때문에
병들고 있다고 아침 시간에 아나운서는
국민의 귀중한 세금으로 사들인 동물이니만큼
소중히 돌보아야 할 것이라고 말하고 있었는데
옳은 말이야 하지만 내가 그 동물 중의 하나라면
밥 먹고 오줌 누고 한가하게 좀 어슬렁거리고 하는 걸 구경하겠다고 몰려들어서
침 뱉고 왁자박자 떠들고 깡통을 던지는 데서
살아가느니보다는 죽는 게 얼마나 더 편안할까 몰라
자기들이야 국민의 세금으로 살아가고 있다는 걸 감사해야 할 이유도 없고
그야 태어날 때부터 그렇게 길러져왔기 때문에
사는 게 그런 거지 다른 사는 방법이야 알 리 없다 해도
불행한 기분을 느낄 것은 틀림없는데
왜 사는 게 불행한 느낌인지 턱 괴고 아무리 생각해봐도 알아내지는 못한다 하더라도
하품하고 심심해서 뒹굴고 득득 긁어보는 것까지
서울 시민의 행복한 구경거리가 되어 살아간다는 거
사육사들은 자식처럼 돌봐주고 간호도 해주고
생물학자들은 이제 자연으로 돌려보내도 살아갈 본능을 잃었으니
여기가 더 살기 편하게 된 겁니다 퇴행이지요 설명하지만

되어보지도 않고 어떻게 알아
이제 얼마 남지 않은 야만의 땅으로 되돌아가
더 강한 놈의 턱에 목덜미를 물리고 부르르 떨며
온몸으로 버티며 죽어가는 것이
더 행복할 것인지 아닌지.

사우나에서

여기는 뜨겁고 어두워요 어머니
저 이제 돌아왔어요
어른이 되는 일은 참 어려웠어요
그리고 어른들도 자꾸 실수를 해요

가고 싶지 않은 길로 몰리워 갈 때
쇠붙이에 찔린 허리에선 파리가 잉잉거리고
주저앉은
등을 타넘고 사람들은 사정없이 지나갔어요

길 위엔 어느덧 아무도 없고
무서워져 저는 죽을힘을 다해 뛰어
이번엔 즐겨 휩쓸려 갔어요

하지만 저 이제 돌아왔어요
모래시계의
초록색 모래만이 움직이는 곳
뒤집기만 하면 시간이 다시 시작되는 곳

저는 불을 마시고 있어요
저로부터 물이 시작돼요
머리와 다리를 팔로 끼고
완전히 혼자 있을 수 있음. 축복.

어머니가 저를 느끼고
규칙적인 박동 속에서 어머니
저는 천천히 헤엄치고 있어요.

불을 피우며

나는 원했지
스스로 망하여
순금으로 다시 태어나기를
새로운 관계와
새로운 책들을 만나기를

그 책들은 언제나 난로 속에서 타고 있고
무명의 작가들도 타고 있었지
그대 창백한 이마가 불꽃 속에 잠깐 엿보이고
무슨 소용일까 부젓가락으로 등걸을 헤치며
나는 입술을 깨문다

어제 쓴 시와
열일곱에 쓴 시가
다르지 않고
모더니즘 시와
성당(盛唐) 시대의 시가 다르지 않다
아니 다르다

재 속에 노래가 새롭게 새겨지고
낱말들이 주력(呪力)을 얻어 배열되면

그대
미지의 말이 웃으며 늠름하게

불 속에서 걸어나온다.

저녁

벼들이 꼿꼿이 서 있는 곳에서
바람이 풍겨오고 있었다
저녁이 가라앉고
금작화들이 옥수숫대 발치에 깔려
고통스럽게 타고 있었다
저녁이 가라앉고 또 가라앉곤 하였고
밤이 왔다
차들은 도시로 들어가고 있었다
과수원에서는 상자에 담긴 과일들이
내일 새벽의 청과물 시장을 향해 떠났다
구름이 하늘로 다시 모여들고 있었다
1985년 8월
핼리혜성은 지구로 다가오고 있었고
사람들은 집으로 돌아가고 있었다
점점 어둠이 무거워졌다.

남자들에게는 그럴듯한 명분이 많아요

곧 다른 여자와 결혼하게 되는
그에게 전해줘요
한평생 나는 그의 적일 것이라고
등을 보이지 않도록 조심하라고 해주세요
뒤에서 쏘아버릴지도 모르니
술을 마시고 타협을 하고 그의 그 무슨
대의명분이라고 하는 것까지
삭을 대로 삭아버린다면
　총알 한 개로 숨을 끊어주겠어요
철학을 기만한 죄
나는 잘 모르는 사상을 기만한 죄를
톡톡히 갚지 않으면 안 될걸요
여자를 기만한 죄는
묻지 않겠어요 왜냐하면 우리에게도
그럴듯한 명분이 있어야 하므로
남자들에게는 그럴듯한 명분이 많아요
여자들은 그들을 타락시킬 뿐
　사실은
　보다 인간적이 되는 일 축하해요.

책

1

사람들 속에서 책을 읽다가 문득 고개를 들면
주위가 더욱 낯설다
사람들은 암호를 주고받고
나는 그것을 해독할 수 없어
급히 다시 책 속으로 도망쳐 들어간다
사막 속에 맨발로 그리하여
바위 그늘에 웅크리고 떨거나
강가 마을의 풀섶을 미친 듯 뛰어 달아난다
나는 활자를 삼킨다 통째로
씹지도 않고
여러 사람 속에 있으면서 외로울 때
그래서 몹시 겁이 날 때.

2

숨어 있는 사이 겉장이 닫히고
사람들이 눈앞의 나를 버려두고 돌아가고 있다
여기 있어요 여기 있어요 불러봐도
목소리가 나지 않는다
지금은 몇 시일까 시간이 멈춰져버린 것일까
활자는 쓰러진 내 곁에 흩어지고
아무런 마술도 부리지 못한다.

3

내 친구는 언덕 위에서 바람에 휘몰리는 나무
내 친구는 책 속에 남아 있는 먼 나라의 옛 작가
소나무 향기와 같이 그것들은 내게 다가온다
조심조심 표시 나지 않게
그러면 나는 본다 외로움이
생각보다 많은 사람의 것임을
소나무 향기는 슬픔으로 부르르 떨리고
시간, 공간, 편견 속에
코르크 세포처럼 들어박힌
내 모습을 본다.

일기

A: 발을 동동거리고 주먹을 부르쥐고
   즐거워하고 성을 내며 여기까지 왔지만
   남들하고 똑같은 길을 걸어왔어

B: 그렇게 생각하면 쓸쓸해지기도 하고
   마음이 놓이기도 해

추위가 하강하는 거리에서 우리는 뛰었다
등뒤의 어둠의 무게를 느끼면서
보장되지 않은 미래의 시간 속으로

장갑과 구두 속에서 손발을 오그리고
저놈은 먹이일까 아니면
우리를 먹을 강한 적일까
처음 사냥에 나선 맹수의 새끼처럼

결국 우리는 별것 아닌 놈의 허세에 속고
얻어맞고 위협을 당해
기어들었다 따끈한
식사와 안전하다는 착각을 일으키는
사방 벽이 있는 곳으로
스스로 갇히기 위해 편안한 죽음 속으로

우리가 행복이라 부르는

나날의 사소한 걱정거리들 속으로.

자전(自轉)

벽을 향하여 말해본다 외로워 낯설고 또렷한 목소리
입술에서 새어나와 빈 공간에 나방의 날개처럼 펼쳐져
내려앉으면 외 로 워 비로소 천천히 몸 전체를 흔드는 말

벽 너머로 겨울 별자리 서쪽을 향하여 움직이고 산소
가 가득찬 공기가 넘어온다 반대편 벽이 트이며 007 새
시리즈가 상영된다 영화관에 구름같이 몰려드는 사람들
스크린 위에 흐르는 영상 뒤편 하늘에 흐르는 별자리

무엇을 위해 살아야 할까 뻣뻣하게 깨어나는 의식 내
일을 향하여 끊임없이 움직이고 있는 땅.

풀섶

보라색 나비 개망초 부들 여뀌 초록 잎사귀 햇빛 햇빛…… 모든 것이 투명하게 떠오른다 만나고 싶어 풀섶 그림자도 없는 양지 쪽에서 그대 엷은 눈동자를 들여다보고 싶어 참새가 길 위로 내려오고 우리 대신 저희들끼리 이야기하게 해 말이 없는 곳에서 함께 투명하게 비쳐 있고 싶어…… 보라색 나비 한 쌍이 드나들던 망초꽃 그늘에 다가앉는다

씁쓸한 생각

아이들이 돌아가고 난 뒤
빈 중학교 잔디밭으로 걸어 들어가며
그는 지금 무엇을 하고 있을까
분주하게 일하고 있거나
눈을 빤짝거리며 동료들과 담배를 물고 앉아서
여직원들의 각선미를 채점하고 있을까
고무신인지 배의 모형인지 알 수 없는 하얀 석재의 조각품 위에 앉아서
아이들이 흘린 아이스크림 자국 같은 것에
분주하게 눌어붙는 개미들을 보고
하늘에 구름 한 점 없는 것과
언덕 위 떡갈나무가 진해져가는 햇살을 받고
눈이 시리게 선명한 윤곽을 그리고 있는 것을 보고
눈길을 사방으로 던지며 피하려 하지만
그예 떠오르고 마는 말 그는 내 생각을
전혀 하지 않을 것이라는 것
의심 없이 나도 그것을
잘 알고 있다는 것.

더위

아침 햇빛 속에도 더위가 들어 있다
출근 버스 안에서 머리가 아프다
어젯밤 울었기 때문에

어른이 되면 사람은
누구를 의지하고 살아야 하는 것일까
나이 드신 부모님도 아니고

내가 사랑하는 남자는
나를 사랑하지 않는다
혹 그가 나를 사랑했다 해도
마찬가지로 엎드려서 울었을 것이다

'속절없음'으로 싸여 있는
책과 노트와 동료들을 둘러보고
늘 가방 속에 들어 있는
만년필을 생각한다

미소를 던지면 놀라 아름다운 눈길로 대답해줄
모르는 많은 사람을 생각한다.

구겨진 꽃다발을 보고

퇴근길 전철에서
모르는 남자의 손이 무심한 체 다가왔을 때
내 새끼손가락이 저절로 가서 대답한 걸
못 보았겠지요

모르는 남자의 발이 무심코인 듯 밟아왔을 때
뾰족한 구두 끝으로 다시 밟아준 것도

남자가 자기 어깨로 내 어깨를 짓누르고
다리로 내 다리를 짓누른 것까지도
까마득히 몰랐을 게 틀림없어요

정신 없는 양반 같으니

공연 끝나고 기념촬영도 끝난 뒤
무대 뒤 분장실 소도구 틈에나 던져버린
나는 장미꽃이에요

젖은 종이에 싸여 소중히 잘리운
몇 시간 뒤
구겨진 셀로판지 속에서 불길한 해초처럼 흔들리는
꽃다발
컴컴한 눈

당신은 어디 있어요?

사랑

그녀와 만나기 시작한 건 서너 달 전
사랑스럽기는 한 여자였지
내가 가르치는 것은 무어든 따라오려고 했으니깐
우선 당신은 잘 마실 것처럼 보인다고 했지
그리고 남자의 품이 얼마나 푸근한지
이젠 알겠느냐고 물었지
담배를 피우는 법과
집에 가서 엄마를 속이는 법을 가르쳐주었지
그녀는 생각할 것이 모조리 없어져버려 좋아했어
여자들은 머리가 텅 비어 있기를 원하니 이상해
나는 유능한 교사였기 때문에
곧 가르칠 것은 다 가르쳤다고 말했지
무협지에 나오는 고수가
제자에게 하산을 명할 때
그러듯이 엄숙하게
그녀는 가르칠 만했기 때문에
울지는 않았고 신비스러운 무표정을 짓더군
그녀가 누구에게 무엇을 가르치든 내겐
상관없는 일이야
세상에 사랑을 퍼뜨리겠지 20세기 말에 유행하는 사랑법이야.

동양백화점 건널목에서

이제 너를 사랑할 수 있음을 느낀다 멀리서
나를 안을 수 있는 네 팔은 없어도
반쯤은 냉정하고 반쯤은 갈망하며
너는 언제나 바라보고 있다

서른이 넘으면서
살아가는 일이 어떤 것인지 알게 된다
이게 인생이란 거야 아아 싫어
머리를 흔들며 나는 엎드려 울었었지 처음에는
비참하다기보다는 그저 실망해서

사랑한다 사랑하지 않는다가
그다지 중요하지 않다
신호에 걸리면 막혔다가
봇물처럼 터져 흐르는 차와 사람들처럼
일정한 우연에 따라 살며 흘러가는 것이다

아침에 맑은 얼굴로 일어나
저녁에 적당히 지쳐서 돌아오며
꿈도 없이 잠드는 확실한 행복 속에서
그래도 나는 네 팔을 느낀다
어둡게, 필연적으로.

산책

우리 처음으로 함께 걸었을 때
어둠 속
네 눈에서 눈물이 반짝였지
우린 잘 안 되겠죠
나는 속으로 말했고 대답처럼
속상해요 네가 말했지
우리는 오래 걸었지
그럼에도 함께 있는 일은 달콤했으므로
주위의 모든 것이 지워지고
소리도 사라질 때까지

공간은 무한히 희미한 지평선 끝까지 뻗어 있고
달빛은 언덕 건너편에 웅크린 숲과
파삭파삭 마른 땅 위에 떠돌고
별이 몇 개 선명히 반짝였지

그다음 시간의 기억들은 회오리바람 같은 감정에 말려
날아가버렸다
네가 없이 사는 것이 때로는 새파란 하늘이 비수처럼
내리꽂히는 고통이었고
오래 그렇게 살아가는 동안 평화가
찾아왔다 날이 저물듯이

우리 지금이라도 그 길 들어가

걸을 수 있을 때까지만 가면
그대로 쓰러져도 좋은 마른 흙과
목을 축일 샘과
곧은 다리와 검은 눈을 한 우리의 아이들이 있는
마을로
돌아가 있을지도 몰라

달빛 밑에서는
길은 언제나 일직선이고
그 어느 지점엔가에 내가 서 있다
이 길은 네게로 나를 데려가지 않는다
하지만 시간과 공간에 묶인 우리에게도
무엇에게도 묶이지 않는 게 있다고
나는 믿을 수밖에 없다
인간의 목숨이 짧고
사랑을 느끼는 순간은 더욱 짧기에
영혼이 영원한 것이라고.

웃음

요즘 나는 혼자 잘 웃는다
엄마는 무엇을 웃고 있니 물으신다
글쎄 세상을,
아마도 나를.
일의 중심에 가까이 가면 언제든
눈물 나는 일뿐이거든
눈길을 피하며 나는 웃는다
혼자 웃을 때 세상은 돌아서며
색깔이 바랜다
그리 울 일 없으리
나는 웃고 웃옷을 걸친다
그리고 세상을 향해 걸어간다.

식사 초대

별아 내려와라
별아 내려와서
국수 먹고 가라
별아 내 저녁은 젖은 국수
너는 쫓겨나 배고픈 아이
나눠 먹는 일은 기쁠 거야
별아 내려와서
국수 먹고 가라.

신부

—옥경에게

언제나 어깨 밑에서 조용히 숨쉬며 잠든 너를 느끼곤 했었지 철이 들기 전부터 어른이 된 뒤에도 너와 나의 경계는 어디까지였을까 입을 열면 같은 말이 튀어나오고 모든 현상은 같은 모습으로 비쳤지

우리 이쯤에 서서 주위를 둘러보자 맨발에 잠옷 바람으로 손을 잡고 여기까지 걸어왔다 눈앞에 새로운 문이 있다 그리고 그가 네게 열쇠를 건넨다

나만큼 너를 사랑하는 사람에게 너를 보낸다 그러므로 나는 너와 헤어지지 않는다 인생은 행복을 위해 지은 집은 아니지만 우리는 그 안에 행복을 짓는다 몇 개의 지푸라기로 둥우리를 꾸며내는 작은 새들처럼

많은 것을 견디고 지키렴 나날이 햇볕이 들고 사철 장미가 피는 것은 아니더라도 두 사람의 마음이 늘 낯익고 새로운 아름다움을 찾아내고 그것에 감사하는 동안 뜰은 향기로 가득찰 것임을 믿으므로.

독감

봄눈이 오고 진눈깨비가 내리고 곧 봄비도 내리리
선득선득 냉수를 끼얹는 바람 목덜미에 녹아 흐르는 무른 눈
그 속으로 나를 밀쳐내지 말아다오
나는 아무것도 못해 나는 약해
우산을 받고 나가 뜨거운 홍차를 한잔 마시고
꽃집 유리창 안에서 높은 향기를 뿜어올리고 있는
프리지아를 들여다보고 싶다
너처럼 향기로운 몸살을 앓을 수 있다면
몸이 찢어져도 좋을 텐데
그러나 나는 그저 열에 뜰 뿐이다
천장에 무늬를 그렸다 지우고
꿈꾸고 그것을 잊을 뿐이다

그래 쉬어야 한다
이젠 늙으신 어머니가 뜨거운 대야 안에서
물수건을 들어내신다
흩어지는 김 눈을 감았다 뜨면
쨍 울리는 목소리 젊은 손
빛 밝은 창호지 속의 당신이 보여 눈물 나는데

어머니 저 곧 나아 일어날게요

첫 만남

이건 자당화
이건 대명화예요
이름을 알게 되는 순간
그 꽃들은 내 마음에 옮겨져 와
몰래 꽃피기 시작한다
조금 전까지는 이 세상에
있지도 않았던 것들이 내게 와서.

그는 아무개예요 듣는 순간
그가 세상에 살기 시작한다
그의 슬픔과 기쁨이
내 정원의 민감한 가지들을 건드리면
가지들은 서로 부비며 이야기하고 접목하고
새로운 품종의 꽃을 피우려 한다.

오늘 서소문 한 다방에서
나는 또 새 친구를 만났다
유리로 되어 있는 벽을 통하여
바깥에 지나는 행인이나 보는 척하고
고작 맞은편 찻잔에 오르는 김이나 보고 있지만
마음속에 신기한 꽃나무 하나가 들어앉는 것을
나는 웃으며 지그시 들여다본다.

장사를 하며

더이상 세상에 무슨 아름다움이 있을까
구겨진 지폐 몇 푼을 깎자 못 깎는다 흥정을 하고 욕을 하고 욕을 먹고 돌아오는 밤에도
별, 너는 나뭇가지 끝에 지상의 모든 빛을 흐리며 빛나고 있구나
하지만 나는 이제 알고, 슬프다
멀리서 반짝이기만 하는 것은
몇억 년 이후라도 닿을 수 없는 것은
있는 것이 아니라는 걸.

봄에 내리는 눈 1

무슨 할말이 있었는지
이젠 올 수 있는 때도 아닌데
내려와 코트 자락에 매달리는구나
가느다랗고 가벼운 건드림으로
내 머리칼에 매달려 중얼대는구나
높은 어디에선가 엉겨붙어
낮은 어디에선가 어떻게 부서져 네가
무슨 하고픈 내 말을
무슨 봄에 맺힌 눈물 같은 것을
대신 속삭여주러 내리는구나
남녘에서는 푸른 키 작은 풀들이
영차영차 비비대기를 쳐서
일어나는데
희게희게 지껄이는구나
잠깐잠깐 몸서리치는 햇빛 속에서
침착하게 반짝이는구나
산사나무 가지 끝 참새의 혀 속에서
겨울에 부른 노래의 꿈을 꺼내는구나
꺼내서 내게 가져오는구나
죽음과도 같은 이른 봄
축축한 검은 흙을 디뎌보게 하는구나
봄에 내리는 눈아.

봄에 내리는 눈 2

무엇을 밝히려는 것일까
눈이라기보다는 진눈깨비
쌓인다기보다는 내리며 녹기
그 속으로 몇 리쯤 들어가야
듣고 싶은 대답을 들을 수 있는 것일까
어쩌면 한없이 가기만 해야 할 것인가
저렇게 빛나며 가도
해가 져 주위는 컴컴하고
보도는 질척질척 물이 흐른다
잘리워 나뒹굴어진 나무의 동체 위에
깨어나기 시작하는 땅 위에
흰 시트를 덮으며
온다 마지막 눈 통증을 둔하게 하여
살을 찢고
다시 생명을 끄집어내는
일어서서 걷게 하는.

봄에 내리는 눈 3

봄에
눈은
과거로부터 온다
열려진 시간 저편에서
내 목덜미에 손가락을 얹어 돌려세운다
마음 붙일 곳을 찾지 못한 어린아이처럼
쓸쓸히 두리번거리면서
어슴푸레
이마에 가슴에 얹히는 동안
과거의 거리엔 폭설이 내려
보고 있는 사이
조용히 이마를 맞대며 기울어져 무너진다
아무런 소리도 고통도 없이

봄에
눈은
망각을 가르치러 온다
눈발은 햇빛에 투명해져
파르르 떨고
온천장 흰 건물들이 그림자도 없이 떠오른다
현재도 불확실하게 흔들린다
유성호텔과 만년장 사이
벚꽃 빛으로 번지는 보도블록을 밟으며
미래 쪽으로

몇 킬로미터 걸어 들어가보기로 한다.

진눈깨비

눈이 내리며 녹고
녹으며 흐른다
내린다
다시 녹았다 얼며
툭 툭 떨어지고
하얗게

쌓이지 않은들 어떠랴
물은 빛깔이 없지만
하얗게
되었다가
잠시 기다렸다 녹는다
그게 중요하다.

열

어젯밤 감기 바이러스와 나는 치열하게 싸웠다
20시에서 06시까지
정신이 잠든 후
몸은 깨어 밤새도록 싸운 것이다
퍼런 담을 몇 개 뱉어낸 후
나는 내 몸의 불순물이
열과 함께 타버렸음을 알았다
껍질만 남은 몸을 일으켜
바람 속을 가는 일은 가볍다
몸을 굽혀 운동화 끈을 고쳐 매고
어제보다 단단해진 땅을 굴러본다.

체르노빌 이후

하늘은 군데군데 구름으로 어둡고 그 사이를 노을이
물들인다
빌딩들 사이로 뚫린 길은 교외 쪽으로 사라진다
간밤 자정이 넘은 후
마르고 더운 바람이
도시를 흔들고 작은 우리집의 멱살을 움켜잡아
때리고 차고 흩뜨려놓았다
후득후득 급한 비가 달리고 땅은 젖지도 않았다
아침에 거짓말처럼 하늘이 푸르고
저녁의 도시는 다시 이상한 노을 속에 장난감 같다
내가 태어난 이 공간과 시간을 사랑한다
한쪽에서 허물어지고 있을지라도
늙고 죽어가는 것들을
약할수록 더 많이
가진 것 없으므로 더 많이
나는 사랑하고 있다.

저녁 태양

뽑아놓은 안구 하나
서쪽 하늘에 걸려 있다
다시는 눈물 흘리지 못할 눈
그저 완벽하게 둥근 모습
바라보며 정지된
눈.

문명

속력을 가지고 싶어서
자동차를 만들었습니다
하늘을 날고 싶어서
비행기를 만들었습니다
따뜻한 집과 욕실을 만들고
그것은 넓을수록 좋았으며
이것이 문명이 되었습니다
모든 사람이 누리기에는 형편없이 부족했기 때문에
사람들은 조직을 만들고
전쟁을 일으켰습니다
산 사람만이 문명을 가질 수 있습니다
죽은 자들은 어둠 뒤에 서 있습니다
또 새로운 문명을 만드는 사람들과
그것을 빼앗기 위해
새로운 무기를 만드는 것을
눈동자 없는 눈으로 지켜보면서.

태풍

나무들
비스듬히 기울어져
파랗게 까무라치고 있다
매 맞는 아이처럼
다음 떨어질 매를 기다리며
으 으 으
목구멍 깊숙이
나기도 전에 끌려 들어가는 소리
두려움으로
잎사귀 빛이 군데군데 진해진다

유령

누구세요? 제 곁에 누우신 분
불을 끄면 숨쉬기 시작하고
머리칼을 바스락대고
베개에 책을 떨어뜨리는 사람은.
나보다 먼저 한숨을 불어내고
한 템포 빨리 숨쉬는, 머리칼에 전류를 흐르게 하고
한두 올은 뺨에 붙게 하여
뺨을 뺏뺏이 점령하는.
툭! 떨어지는 가벼운 소리로부터
천천히 다가와 들여다보는 눈, 바퀴벌레?
        아니 불은 켜지 마
        돌아누워도 좋아
소리 없이 명령하는 목소리 밤이면
숨쉬기 시작하고……

늦가을 저녁식사

빗물에 떡갈나무 잎이 쓸려나가면
씁쓸한 가을 냄새가 난다
누울 자리를 찾아 먼 숲이 가라앉고
벌레들
알을 슬어놓고
죽어가면서 가끔씩 몸을 떤다
사람이 누울 곳은 어디일까
지나간 일들은 그리도 선명하게
살아 숨쉬며 그러나 어느 곳에도 없다
찬 빗물이 골목을 흥건히 수렁으로 만들어놓고
여전히 맑게 흘러 내려가는 저녁
어머니는 저녁상 건너편에서
외가의 밤나무 숲을 바라보고 있다
마당의 어둠이 어슴푸레 방안 형광등 밑까지 들어오고
숟갈을 들어
추억을 입에 넣은 저녁식사
축축한 비 냄새를 삼키고
식구들은 저마다
과거에 볼을 대고 눕는다.

현관에 앉아

현관 앞에 앉아 올려다보는
우리집 라일락나무
하나씩 공들여 편 연한 잎들과
작은 십자 모양의 꽃 몇 송이
집에 아무도 없을 때 여기 도착하지 않았더라면
누군가 현관문을 열어주었더라면
어느 것 하나 허술히 다룬 것 없는
네 모습을 바라보는 일도 없었겠지.
그리고 글씨가 보이지 않을 만큼 어두워질 때에
가지 끝에서 빛나기 시작한 첫 별도.
기다려요 모든 게 잘될 거예요.
비로소 나무가 흔들려
올해 꽃향기의 첫 모금을 보내오고
이번엔 좀 낮은 쪽 가지 밑에서 빛나기 시작하는
누굴까 저토록 다정한 눈길은.
어둡도록 식구들은 오지 않고
쫓겨나 갈 곳 없는 아이들
라일락나무와 나는 오래
같이 앉아 있다.
말없이도 잘 알 수 있는
친구들처럼 둘이서.

회복

맵싸한 나무 향기가 뿜기고
햇볕이 가벼운 은으로 깔리는 이런 날
인간의 슬픔이 무슨 큰 구렁이 되랴
모든 것의 무게를 가볍게 하는
비 온 뒤의 유월 아침 갠 하늘
참 자비로우신 하느님.

장미

맨발에 검은 머리칼
검은 눈의 어린아이
어둑한 마룻바닥을 살그머니 지나와
내 목에 팔을 두른다
말없이 들여다보며 웃고 있는 네 마음
조용하고 가벼운 너의 생각
네 목숨의
아련한 빛깔.

아침

오늘 아침은 공기가 맑고
잔디밭 위 하늘은 눈이 시리게 푸르다
낮은 나뭇가지 사이로 햇빛이 눈동자를 쏘고
그 겨울가지 위에서
새는 내게
자기는 가진 것이 아주 적다고
그래도 자기는 아무 불만이 없고
사흘간 찌푸렸던 날씨가 개었기에
살아가는 기쁨을 느낀다고 했다
가지지 못한 것을 생각하는 아침
세상이 이처럼 아름답다는 것은 슬프다
안녕하세요 곁에서 인사를 던지는 동료에게
안녕하세요 웃으며 인사하는 아침.

빙판

내 집 현관에서 무심히
한 걸음 내디디다 쿵
동네 보도에서 주루룩
마음놓고 디딜 때마다 쿵
또 눈이 내린다
햇빛 밑에서 녹으며 내리고
그늘에서 얼며 내린다
바람 불면 날리면서 내린다
재채기를 하며 눈을 맞는다
눈물을 흘리며 눈을 맞는다
아이를 업고 눈을 맞는다
아이는 잠들어 돌같이 가라앉는데
또 눈이 내린다
마음놓고 기댈 때마다 허물어진다
사랑하는 일같이
믿을 때마다 넘어진다.

지귀

1

지귀는 잠을 잔다
태고의 어둠 속 숨죽인 돌 위에서
지귀의 모발은 날리지 않는다
북부여에서 온 얼음 같은 바람이 엉겨 있다
인간의 마을에서는
금작화 꽃밭이 노을에 젖어 소리 없이
연기를 내나
불꽃이 보이지 않는다
지귀는 잠을 잔다

2

지귀는 시간 속에서 일어나
쓸쓸히 옛날로 멀어져간다
깊은 바닷속 같은 영원을 헤엄쳐 가
망각의 문 앞에 서면
햇빛이 기어들어와
일시에 물처럼 스미고
패랭이꽃 몇 송이 풀대 위에 떠서 흔들리며 웃고 있는
선덕여왕의 나라 속 종소리가 들린다
분수를 지키라 분수를 지키라고
법도에 맞춰 울리는 종소리
지귀의 고민은 토종개가 되어 꼬리를 끌고 장안을 헤맨다

그러나 보아라
백성의 누더기 안에도 눈뜨는 신성(神性)
보이지 않는 곳에서 무서운 속도로 자라 올라오고 있는 힘
지귀의 눈동자에 희미한 불이 켜진다
이 아름다운 형벌
오오 탄다 탄다 탄다 탄다
—여왕이시여 내 미쳐 날뛰는 피의
고삐를 잡아주시오
청동화로에 담아라
질화로에 담아라
다스려라

3

어둠 속에서 삽질을 한다
천년 쌓인 재를 던지고
잘 정련된 불을 캐낸다
천년 얽힌 매듭을 끄른다
돌아보면
시간 속에 다함없이 망각의 눈은 내려
원시로 가는 길은 흔적 없고
지귀는 잠을 자지만
나는 불을 예배하는 제사장
사색의 마른 나뭇가지를 쌓아올리고

영감의 불씨를 당긴다.

새

1

안개 속에서 일어나
안개 속을 바라보며
새 한 마리
단절음의 노래를 토한다
들리지는 않으나
나뭇가지 밑으로 뚝뚝 떨어져 죽는 목소리
아침 하늘에 한 부분
잠깐 빛나며 스러진다

2

새 한 마리 앞서서
까마득히 동녘을 가리킨다
쫓……아간다
비틀린 발톱 자국을 남기며
서녘으로
쫓……아간다
우수수 바람에 흔들리며
동서십방(東西十方)을 가리키는
새
이를 드러내고
닿을 수 없는 땅의 냄새를 흠흠거리며
끊임없이 날개도 치나
혀가 움직이지 않는다

3

지친 잎만 무성한 플라타너스에 날개를 접은
새들의 혀
용광로같이 끓는 새소리
'가'는 '가'에서 끊어지고
'라'는 '라'에서 끊어지는 단절된 시대여
희미한 해를 한 등 켜들고 노랗게 젖어 있는
구름 뒤로
시간은 가느다랗게 뻗어 사라지고
땅거미는 야생의 들깨 냄새를 몰고 온다
무엇을 말하고자 하는가
어떤 소금기를 헹구고자 하는가

4

다시 안개 속에서
안개 속을 바라보는 새가
희디흰 뼛조각을 토한다
목구멍에 걸려 60년 씻긴 뼈
누워서 희미하게 빛을 발한다
결코 말하지 못한 언어와
하지 않을 수 없는 언어가
어둠 속 어디선가 만나고 있다
엉기며 깊숙이 묻히고 있다.

무너지는 도시

1. 전경

호숫물은 죽어서 파리하게 질려 있었다. 바로 건너다뵈는 기슭에 누군가 서 있었다. 그는 피카소의 구성에 의하면 한쪽 눈만이 그려지는 게 옳다. 그 눈으로는 불이 꺼져 나뒹굴어진 지옥이 들여다보였다.

하늘엔 온갖 형태의 구름이 배를 뒤집고 나와 둥둥 떠 있었다. 생전에 저녁노을이었던 구름엔 입술만 그려지는 게 옳다. 그 입술이 물 위에도 비쳐 있었는데 반대편에서 보는 그림이므로 입귀가 처져 있는 듯 보였다.

그 입술이 그 사내의 눈과 어울려 내 그림은 완성되었다.

2. 현대의 아이들

캠프 송을 부르며 아이들 도시를 횡단한다. 사기로 만든 왕자들 껌을 씹으며 어깨에 검은 철도를 메고 간다. 고장난 현대의 신호등이 붉고 푸른 불을 동시에 켠다. 그것은 자유일까 두려움일까. 비스킷 빛 바삭거리는 하늘엔 디스크를 앓는 애드벌룬. 집짓기 놀이를 하는 빌딩과 전봇대들. 블록 담이 올라갔다가 순식간에 허물어진다. 아이들은 지하도를 지나지만 눈은 벌써 신천지의 하늘을 거머잡으며 타고 있다. 산이 주름진 손바닥으로 아파트를 뭉개고 구름 한 송이 치맛단을 걷어잡고 해롱거리며 산을 넘는다.

3. 교외의 소리

뇌파로 뛰어든 막차의 차장이 부는 호각 소리가 도시의 몸집을 끄집어낸다. 충혈된 눈을 굴리고 성난 입김을 뿜으며 다가온다.

끝을 모르고 궤도 위를 돌아가고 있다. 종점이 없는 변두리 노선의 만유인력.

그때 나는 본다. 태양이 돌아앉을 무렵 언덕 너머로 빼앗겼던 몇몇 친구가 차 안에 포로가 되어 있음을.

백야의 극지방을 흐르던 유령선이 어깨를 어슬렁 드러낼 때, 창턱에 고드름 되어 매달린 친구들의 고독을.

동반을 청하는 잿빛 신음이 기억의 언덕 곁에 닿을 무렵이면 우리는 선잠을 깨치고 뚫어진 문구멍들을 틀어막는다.

4. 폐가의 뜰

무너지는 법을 배우기 위하여
팔월의 정원을 찾아갔다.
스모그로 하늘을 발라버리고
배롱꽃이 버짐 먹어 있는 뜰 안, 돌연
등뼈가 꺾여 있던 분수가 포효했다.

물줄기 주위에 탄성(彈性)이 달무리지고
눈발 날린 후의 하늘처럼 충혈된 언저리에
유월이 되살아나 천천히 숨쉬기 시작하였다.
아낌없이 무너지리라 그리하여
다시 살리라.
일상을 벗어나 우리 감춰진 문에 열쇠를 꽂으면
열리는
어제와 내일의 뜰.

5. 시간의 미로 속으로

구름 조각을 걸치며 나무들은 입을 다문다. 수그려라 나무여 네 굽어진 등 위로 쉿내 나는 바람 가는 목을 짓밟으며 지나간다.

습기 찬 잠을 허물고 잘 만들어진 생활의 뜰 그 테두리를 부수려는 몸부림은 늘 종이인형의 허망한 나부낌, 눈동자가 풀린다.

지나온 숲의 모든 가지가 부러지고 어제 나온 문이 잠기며 금세금세 이끼에 덮인다. 꽃들이 봉오리째 떨어져 숨지는 시간의 긴 미궁이여 실꾸리도 없이 들어가 내 이지(理智)는 자주 작업을 멈춘다.

카바이드등만한 예지로 천년 전 사람의 뇌실(腦室)을

밝혀본다. 펼치는 페이지마다 동료들의 묘지, 행렬을 지어 다가온다.

낡은 시계의 초침이 갉는 내 목숨의 길이. 네 몫을 가져가라 시간이여. 고통스럽게 눈뜨고 새는 밤에도 내 이지의 꽃은 금빛 비늘을 달기 시작할 것이니.

방

흰 눈이 내리는 병실의 복도를 걸어간다
한없이 밀고 들어가는 눈보라의 속
달려들어 세포마다 들어박히는 눈의 결정
창백한 어둠 속에서 누군가 웃고 지워진다
등뒤에서 문이 잠긴다
방은 차고 창백하다
벽에 비치는 그림자
계단을 오르는 허전한 걸음
나는 딸꾹질을 한다
유리잔을 들면
손가락 사이로 차가운 빛이 떨어지고
잔 밑바닥에서 천천히 눈동자가 떠오른다
세상에 무슨 진실이 있겠는가고 묻는 눈
어제 견고한 진실이었던 것이
오늘 안개처럼 증발되므로
그대를 사랑하는 일은
늦가을 빈 들이
싸락눈을 덮는 것과 같다
그러나 나는 아직 보지 못한다
그대 마음에 있는 보석을
알지 못하므로 그것은
내게 무한히 기름질 사막 속의 새 옥토와 같다
한밤내 뒤척이며 앓아도
아침엔 해처럼 일어나리라

물같이 가라앉은 아침
나는 햇빛이 되어 거기 갈 것이다.

나비

1

너는 온다
할미꽃 심부(深部)에서 출렁이는 바다
지친 밤중의 가위눌림에서.
의식의 어두운 모퉁이에 꼼질거리다가
문득
무릎걸음으로 바싹 다가앉는다.
너는 잘못 그려진 음표
너는 이른 봄의
꽃가루 알레르기.

2

나는 그의 손을 끌어다
그의 손가락 사이로 해를 보았습니다
가늘게 눈물 비치는 햇빛을.

손은 붉은빛으로 물들고
상처받지 않은 피.

나는 내 손을 들어 해를 보았습니다.
피의 빛깔은
같았습니다.

나는 기꺼이 그의 웃옷 한 자락에

날개를 접었습니다.

3

사랑을 가진 이의 붉은빛
사랑을 잃은 이의 검은빛
상처에서 색채가 배어나와 적신
양면의 날개를 가진 나비가
낮과 밤을 훨훨 넘어다니고 있다
이승과 저승의 하늘에
제 살결의 금분(金粉)을 묻힌다
그러다가
당신과 나의 상반된 꿈을 헤집는다.
꿈속에서 나는 그림을 그린다
꽃피고 있는 두 개의 구릉을
베개가 젖은 채 눈을 뜬다
종적이 없는 꿈 속에
길이 없다
요염하게 우리의 운명을 흘기는 눈
길은
없다.

빛

아이들이 마른 풀단을 쌓아올리고 있다.
새떼가 가로세로로 풀밭에 금을 그린다.
가끔 내려앉기도 한다.
방에서는 재즈에 맞춰 발을 구르는 그림자 한 마리.
아이들은 햇볕을 꿰맨 풀단을 안고
어두운 빛의 창고로 들어간다.

신도안

1

녹슨 빛의 잡귀가
물웅덩이 이끼 위에 앉아 있다
둥글고 모난 바위 위에
머리 푼 안개가 내려오고
고개를 기울이고
걸어가다 멈춰 잠깐 돌아보는 나무
파란 정강이가 젖어 있다

2

산신당(山神堂) 떨어져나간 기와 쪽에
치자꽃 향이 와서 생각난 듯이
머물까 말까 망설인다
작년의 냄새 재작년의 냄새 백년의 냄새
백년 묵은 산도깨비가 대추나무 밑동에 불을 켠다
청사초롱 청사초롱
아씨 아씨
안개가 벗은 발로 뛰어나와 초롱을 잡는다

화요문학 사람들과 헤어지며

창백한 별빛 아래 멈추어 서서
우리는 서로의 얼굴을 분간하고
이별의 인사말을 꺼내기 위해
먼저 잠깐 침묵했다

방금 함께 버린 세상,
열기와 잡담이 끓는 주점에
싸늘한 일별을 던졌다

희박한 산소 속에 서로의 윤곽은 부서져 흔들리고
털어놓은 상처
뿌리 드러낸 진실
부끄러워 목이 졸리는
우리는 얼어붙은 심장 맛보이며 서 있었다

시간이 정지한 어둠 한복판에
어디선가
날개를 떨며 날벌레들이 죽어가고
거미줄처럼 낡아진 낙엽이
희미한 은빛을 그으며 떨어졌다

주술은 풀렸다 친구여
돌아가라

천지 사방에 안개 흩어지듯
돌아서서 오는 길
서리가 내리며 자근자근
밟히고 있었다.

그해 겨울 귀뚜라미

1

밤새워 귓가에서
지쳐 울음 그치고
작은 귀뚜라미 한 마리
맑은 딸꾹질 소리를 낸다
소리는 굴러떨어져 내려와
무릎을 적시고
발뿌리를 적시고
우리의 한 해 겨울 잠자리에 스며든다
한두 방울씩 얼었다가 녹기도 하는
이번 겨울의 뼛속
성에가 된다

2

그해 겨울에는 잘 수 없었다
바람에 섞여 빗발치던
풀벌레 소리가
싸늘하게 땅에 떨어져 묻힌 후
소식은 매서운 대낮으로서 왔다
문풍지 너머에서 새파란 하늘이
올올이 감겨들어와 온몸을 묶었다
피에는 푸른 물이 옮고
무릎뼈는 버걱거리며
내년 여름의 흰 별꽃풀을 꿈꾸기 위하여

여전히 결정(結晶)을 피우고 있었다

3

교외로 나갔더니
다갈색 바람이 한 마리
나처럼 쩔쩔매며 돌아다니고 있었다
버스 유리창에
지는 가을비 몇 방울
속에 든 귀뚜라미의 눈이 커다랗게 번지며
슬픈 듯 들여다보았다
아직도 울고 있다
먼 풀밭에서 머리를 털며
이 시대의 마지막 귀뚜라미
그 소리 멀어진다.

거울

1

명절날 저녁은
고향 잃은 이 빈 도시에 떠돌다가
돌아와 자기 모습과 마주앉는 시간,
안개는 하나하나 동네들을 지우고
참으로 오랜만에
지워진 것들 속에서
서서히 떠오르는 벌거벗은 마음이여.
오늘은
부끄러운 마음 어디에도 숨길 곳 없네
여든아홉에 돌아가신 외할머니
곱게 사그러진 향의 재 같은
머리맡에서 어머니가 그러신 것처럼
그 죄됨 모두 씻기어
어깨 들먹이며 마주볼 수밖에 없네.

2

누가 이 앞에서
사랑하는 이 보이려고 단장했을까
누가 이 앞에서
자기 눈물의 고랑, 죄의 주름살을 세었을까
모서리에 푸른 녹이 슨
이 청동의 한(恨).
지난날은

'보았다'고 생각하는 순간 사라지는
서쪽 산 위 빗살과도 같네
돌아보면
미망의 안개 속에 흔들리는 어슴푸레한 저녁.

3

'아름답다'고 천번 말해도 낡지 않고
그대로 아름다운
더 어린 때의 그리움.
속죄로 어깨 들먹이게 하고
결국은
복도 저켠에서 맑게 방울져 떨어지는
어머니의 목소리를 듣게 하는 자여.
명절날 저녁은
고향 잃은 이 빈 도시에 떠돌다
돌아오는 시간
서서히 떠올라 마주치는
참된 내 모습이여.

관음(觀音)

1. 연(鳶)

하늘 얼음벽
나붓나붓 밟고 오다가
돌연
젖혀 활(弓)을 그리는 허리

남사당
인연의 줄 탄
한쪽 다리 가늘게 떨고 있다

—해질녘 연기 속엔
　푸르게 펄럭이는 산

이승의 이 몸
말씀 닿지 않음을 어이하리오

줄광대
가물가물 멀어진다.

2. 평강공주의 노래

제 미간과 미간 사이에 사시는
그대
촛불을 켜시어
마음 속 아랫목까지 가져오시고

그중 깊숙이 눈 쌓인 곳에
등 하나를 다십니다.
깨끗한 시내 한 줄기가 생기고
불빛은 졸졸졸
제 온몸을 돌아나와
세속의 매 맞은 사내 하나
상처를 적십니다.

비

비가 와도
먼 집의 불빛은 꺼지지 않는다
지붕을 두드리는 빗발
살아 있는 것을 깨우려 자작인다
젖어도 꺼지지 않는 빛
젖어서 선명해지는 열 살의 꿈
뼈에 슨 가난만 녹아서
혈관을 돌아나와
빗소리에 섞여 나가고 있다
세상의 하늘 밖 너머로
꺼지지 않는 빗발에 실려 가고 있다.

참새

죽동리(竹洞里) 솔숲 그늘에 오는 참새들은
풋사과 깨문 선녀 이 시어 찡그리는
가을날에
쉴새없이 꽈리를 불고 있다
혀 위에 얹힌 소문
쉴새없이 대껴 풀어내고 있다
꽈리 빛 햇살이 떨어져
숲속 갈피갈피에 고인다.

안개꽃

달빛을 한 올씩
레이스로 뜬다
그 틈 틈새로
봄 새벽의 햇발을 아주 몇 방울만 뿌린다
푸른 실 같은 뿌리가 벋고
너는 흔들리며 일어선다
뻗어오르는 힘
줄기 끝에 멍울지는
몇 날 밤의 열
너는 열여섯 독감 앓던 내 절벽 같은 베개맡에
우거지는 꿈이다.

산책하는 분, 뜰에 잠깐 머물렀다가 가세요

오세요
제 눈동자가 가을볕처럼 밝을 때
죄의 그림자는 어느 곳에도 없습니다
마당은 방금 쓸어놓았고
샘 곁에 사기 사발도 부셔놓았습니다
그 돌은 앉으시기 좋을 거예요
어제 마침 비가 잠깐 내렸거든요
그곳에 제 모습은 없을 거예요
하지만 어디에든 조금씩
섞여 있을 거예요
구석진 곳에 모아 태운 낙엽 냄새에도
그 속에 묻혀
아직 살아 있는 불씨에도.

연시(戀詩)를 쓰기 위한 연습

1

당신의 우산으로
한쪽 어깨를 감추고 갈 수 있도록 해주세요
내 눈물 뜨겁게 가질 수 있도록
비 머금은 채 빵끗 웃는
꽃을 가득 단 사과나무가 말문을 열도록
동그라미 하나의 온기로 세상 윤기 흐르게 하세요
조그만 계집애의 나풀대는 빨간 입술
검은 눈까지도
거기 박혀지게 하고
고인 물 탕탕 차는 장화 코가
보얗게 둘려지고
그러다 깊은 눈물이 매운
가난한 내가 어깨가 젖어 찾아들어요
오오 당신의 이마 아래
한쪽 눈썹이 쉬다 가게 해주세요.

2

혼자 있으면
그는 다가든다 다가든다 시냇물처럼
멀리서 반짝이며 내게로 와서
물을 가르면
가르는 순간 채워지고
물을 튕기면

햇빛에 무지개를 그리며 다시 물과 합쳐지고
꽃은 누가 보아주어야만 피는 것은 아니다
내 사랑도 혼자서 피어
늘 발목이 젖어 있다.

3

당신의 모습은
풀잎을 속속들이 비춰내는
햇빛 속에 있어요
여름 하늘 속에 있어요
지나는 복도 바닥의 미끄러운 윤기 속에 있어요
거울 속에서 다가오는
내 눈동자의 컴컴한 그늘 속에 있어요
눈이 마주치는
모든 다른 사람들의 눈동자에 떠올라요

내 뇌 속에 당신의 입술이 있어요
내 생각에 당신의 생각을 보태 넣고
내 물음에 저절로 울려 대답해요

종교가 되고
종교를 허물며
평화가 되고
평화를 깨뜨리며

목숨을 주고
목숨을 앗아가는

당신 속에 내 전 생애가 있어요.

4
그대 있으면
켜지는 불빛
그대 있으면
지워지는 그리움
나의 사람아
내 사랑은 마당의 어린 라일락나무 곁에 서서
기다린다
그대 있어야
채워지는 기다림
그대 있기에
영원한 바다로 출렁거리기에
꽃피며 눈부신 사월.

5
떠나시려구요
먼 산 위 구름은 햇볕에 달아
흔적도 없이 증발하지만
제 마음을 디디고 온 발자국은

마르지 않아요
언제나 새로 찢겨
피 뚝뚝 듣고 있어요

떠나시려구요
바람이 가는 길을 아무도
막지는 못해요
높은 산봉우리도
깊은 못도
다만 마른 가랑잎
이파리 떨며 그대 잡을 수 있어요

작은 잎일수록 많이 흔들리고
마른 잎일수록 많이 흔들려서
좀 더
좀 더

물든 잎 속으로
몇십 리쯤 들어가야
젖은 발자국이 나란히 놓이고
피가 피와 어우러져
큰 강물 소리로 흐르나요

달리는 길 끝에서 끝까지

잎이 지고
이승과 저승의 모든 나뭇가지가
움켜쥔 손가락을 놓을 때
떠나세요
그림자까지 가지고 가세요.

6
이제 그대에게서
자유롭다
숨쉰다고
나는 어제 생각했지

아니 그렇지 않아
차창에 스쳐가는 하늘에서
그대 냄새가 난다

얼음 풀린 실개울에도
비쳐 있다.

7
그대가 아플 때
그대 사랑하는 이들에게서 멀리 떨어져
빈 들에 홀로 서 있을 때
내가 거기 가리라

순례자처럼 온몸을 부끄러워하여
눈과 손가락만을 남기고 그림자가 되어.
내 사랑의 모습은 그럴 뿐
햇빛 있을 때 그대는 밝은 하늘 밑에서
행복하게 숨쉬고 있다 나는 숨고
꾸준히 밤을 기다린다 뒤꿈치를 들고
그대 잠든 얼굴을 잠깐 들여다보러
긴 여행을 한다
만약에 밤이 태양을 사랑한다면
많은 벽과 닫힌 문을 통하여
그처럼 오랜 동안 가지 않으면 안 되리라
—하지만
　손으로 만져볼 수 없을 때
　그것은 정말로 있는 것일까
그대가 슬픈 사람일 때
남의 슬픔을 이해할 것이므로
나는 그대를 사랑한다 나는 거기에 있다.

8
어깨를 기대고 앉아
어둠이 스미기 시작하는
추수하는 들을 바라보고 싶어요
아직은 군데군데 햇빛이 묻어 있고
순하게 엎드린 낟가리들

여름의 벅찬 작업을 마친 후
이제 눕고 쉬기 시작하는 벌판을.
—올해 코스모스는 참 아름답군요
지평선에는 영원히 때 묻지 않는 별들이
지금 내가 바라보고 있지 않은
당신의 눈처럼 떠올라 반짝이고
마른풀 젖은 흙
세상을 적셔가는 저녁의 보랏빛
사람의 이지와는 상관없는 것들이
잠겨갈 뿐
고요해질 뿐인 것을 보고 싶어요.

9
우리 신원사 숲에서 만나요
그 잎사귀의 밝은 빛깔을 말로 표현할 수는 없어도
성긴 나뭇잎 새로 비춰 들어오는 햇빛이
그대 몸을 더 가느다랗게
머리칼 둘레를 후광처럼 환하게
비추고 있을 때
그대 눈에 비친 내 모습도 그렇게
수줍게 나무를 붙들고 서 있을 거예요
어제 우리는 담배 연기가 매운 찻집에서 만났었지요
칸막이가 있는 지하 술집에서 술을 마셨고
가수는 나른한 목소리로

책임 없는 사랑을 노래했고
사람들은 껴안고만 싶어해요 아무리
마셔도 갈증은 가라앉지 않고
짝 지어 어둠 속으로 사라지는 누구에게도
편안한 잠이 없어요
우리 신원사 숲에서 만나요
모든 물질적인 것들을
정신적인 것으로 바꾸어놓는 햇빛 속에서
그대는 정말로 내게 선택된 사람이 되고
나는 인간 속에 오직 하나뿐인 여자로
여기 마주보고 서게 되는 거예요
여기서 만나기로 해요.

문학동네포에지 033

불이 있는 몇 개의 풍경

초판 인쇄 2021년 12월 7일
초판 발행 2021년 12월 15일

지은이 — 양애경
책임편집 — 유성원
편집 — 김민정 김필균 김동휘 송원경
표지 디자인 — 이기준 신선아
본문 디자인 — 유현아
마케팅 — 정민호 김도윤
홍보 — 김희숙 함유지 이소정 이미희
제작 — 강신은 김동욱 임현식
제작처 — 영신사

펴낸곳 — (주)문학동네
펴낸이 — 염현숙
출판등록 — 1993년 10월 22일 제406-2003-000045호
주소 — 10881 경기도 파주시 회동길 210
전자우편 — editor@munhak.com
대표전화 — 031-955-8888 / 팩스 — 031-955-8855
문의전화 — 031-955-3576(마케팅), 031-955-8865(편집)
문학동네카페 — cafe.naver.com/mhdn
트위터 — @munhakdongne
북클럽문학동네 — bookclubmunhak.com

ISBN 978-89-546-8392-0 03810

www.munhak.com

문학동네